기획의 말

그리운 마음일 때 'I Miss You'라고 하는 것은 '내게서 당신이 빠져 있기(miss) 때문에 나는 충분한 존재가 될 수 없다'는 뜻이라는 게 소설가 쓰시마 유코의 아름다운 해석이다. 현재의 세계에는 틀림없이 결여가 있어서 우리는 언제나 무언가를 그리워한다. 한때 우리를 벅차게 했으나 이제는 읽을 수 없게 된 옛날의 시집을 되살리는 작업 또한 그 그리움의 일이다. 어떤 시집이 빠져 있는 한, 우리의 시는 충분해질 수 없다.

더 나아가 옛 시집을 복간하는 일은 한국 시문학사의 역동성이 드러나는 장을 여는 일이 될 수도 있다. 하나의 새로운 예술작품이 창조될 때 일어나는 일은 과거에 있었던 모든 예술작품에도 동시에 일어난다는 것이 시인 엘리엇의 오래된 말이다. 과거가 이룩해놓은 질서는 현재의 성취에 영향받아 다시 배치된다는 것이다. 우리는 현재의 빛에 의지해 어떤 과거를 선택할 것인가. 그렇게 시사(詩史)는 되돌아보며 전진한다.

이 일들을 문학동네는 이미 한 적이 있다. 1996년 11월 황동규, 마종기, 강은교의 청년기 시집들을 복간하며 '포에지 2000' 시리즈가 시작됐다. "생이 덧없고 힘겨울 때 이따금 가슴으로 암송했던 시들, 이미 절판되어 오래된 명성으로만 만날 수 있었던 시들, 동시대를 대표하는 시인들의 젊은 날의 아름다운 연가(戀歌)가 여기 되살아납니다." 당시로서는 드물고 귀했던 그 일을 우리는 이제 다시 시작해보려 한다.

기획의 말

그리움 마음일 때 'I Miss You'라고 하는 것은 '내게서 당신이 빠져 있기(miss) 때문에 나는 충분한 존재가 될 수 없다'는 뜻이라는 게 소설가 쓰시마 유코의 아름다운 해석이다. 현재의 세계에는 틀림없이 결여가 있어서 우리는 언제나 무언가를 그리워한다. 한때 우리를 벅차게 했으나 이제는 읽을 수 없게 된 옛날의 시집을 되살리는 작업 또한 그 그리움의 일이다. 어떤 시집이 빠져 있는 한, 우리의 시는 충분해질 수 없다.

더 나아가 옛 시집을 복간하는 일은 한국 시문학사의 역동성이 드러나는 장을 여는 일이 될 수도 있다. 하나의 새로운 예술작품이 창조될 때 일어나는 일은 과거에 있었던 모든 예술작품에도 동시에 일어난다는 것이 시인 엘리엇의 오래된 말이다. 과거가 이룩해놓은 질서는 현재의 성취에 영향받아 다시 배치된다는 것이다. 우리는 현재의 빛에 의지해 어떤 과거를 선택할 것인가. 그렇게 시사(詩史)는 되돌아보며 전진한다.

이 일들을 문학동네는 이미 한 적이 있다. 1996년 11월 황동규, 마종기, 강은교의 첫번째 시집들을 복간하며 '포에지 2000' 시리즈가 시작됐다. "생이 덧없고 허기질 때 이따금 가슴으로 암송했던 시들, 이미 절판되어 오래된 명성으로만 만날 수 있었던 시들, 동시대를 대표하는 시인들의 젊은 날의 아름다운 연가(戀歌)가 여기 되살아납니다." 당시로서는 드물고 귀했던 그 일을 우리는 이제 다시 시작해보려 한다.

영진설비 돈 갖다주기

문학동네포에지 078

박철 시집

영진설비
돈
갖다주기

시인의 말

또 한 고개를 넘듯 다시 시집을 엮습니다.

흩어진 시들을 한데 모으니 중언부언 그 소리가 그 소리만 같습니다. 하지만 글을 쓸 당시에는 나름대로 최선을 다했다는 생각에 다시 손을 대지는 않기로 했습니다.

문학을 하는 이들은 내 글이 너무 쉽다 하고 아버지는 대체 무슨 소릴 하고 있는지 모르겠다고 하는데 두 얘길 합쳐보면 착잡하고 쓸쓸하기만 합니다. 주류라든가 어떤 중심으로부터 너무 멀리 떨어져 있다는 얘기일진대 솔직히 따라가고 싶은 마음이 없습니다.

시들이 대부분 어둡고 무거워 읽는 이로 하여금 오히려 마음의 짐이나 되지 않을까 걱정스럽습니다. 귀엽게 읽어주시면 고맙겠습니다.

먼젓번 시집에서도 말했지만 글을 쓰는 일 이외에 달리 다른 일을 할 수 없는 몸과 마음이 안타깝고 아쉽습니다. 아, 그런데 햇살 뜨거운데 저기 고개 하나 또 보입니다.

2001년 1월 옛 김포에서
박철

개정판 시인의 말

시야. 나가본 세상은 어땠니. 어린 네가 어느덧 성인이 되었구나. 너를 키운 세상의 팔 할은 무엇이었니. 외로움과 그리움의 차이는 헤아릴 수 있었니.

시야. 네가 자라는 동안 나는 늙었구나. 그러나 우리 같이 방황하고 우리 같이 철없이 웃던 기억은 말하지 않기로 하자. 어느덧 우리의 이름이 되고 몸이고 영혼이 되어 너는 거기에 나는 여기에 서 있으니.

언제 어디서 다시 만날지 모르지만 시야. 우리 영원히 함께한다는 말도 하지 말자. 나는 너고 너는 나인 이유도 이젠 다들 알겠지.

시야. 가서 어른(아름)답게 살아라. 어른다운 게 무엇인지 나에게도 보여주렴. 나는 너로, 너는 내가 되어 다시 마음껏 세상을 다녀보렴. 내 마음 전해주렴. 되돌아온 네 모습, 큰 보탬 없이 떠나보내 서운하니 시야.

시야.

2023년 5월

박철

차례

시인의 말 5
개정판 시인의 말 7

1부
사랑 15
굴참나무의 행복 16
영진설비 돈 갖다주기 18
투견장에서 19
격정의 세월 20
곤당골 21
그리움 22
그 사람 고영돈이 24
바람과 하늘과 별과 시 26
너희들 잠든 사이 27

2부
서른 개의 잊혀진 이름 31
놀이터, 풍경 32
남생이 34
광화문 서정 35
광야의 빛 36
장좌송(長座頌) 1 37

누구도 자리를 만들지 않았건만 38
공항의 불빛 39
들끓고 있음의 나무 40

3부

칼숲에서 43
치골(恥骨) 44
연 45
부표 46
편지 48
통진 지나 강화 50
서향집 51
김포 52
별 53
세월 54

4부

골목 끝에 누가 있나 59
가로등 60
복종 머리 느티나무 61
몽환의 길 62
세월 63

그해 겨울 64
뒷산에 올라 65
막대기 66
해가 솟는 가을비 67
장마 68
시인 이후 2 69
발자국 70
누렁이 71

5부

퀸스강 75
겨울밤 76
이론과 실제 77
걸어다니는 미라 78
장좌송 2 79
소나무 80
플라타너스에 잡힌 고양이 81
집 82
희망이 나에게 가져다준 것은 희망뿐이다 84
정류장 85
날개 86
살아 움직이는 발자국 87
비 88

6부

슬프므로 슬프지 않다 91
더운 날의 희망 92
다시 내게 등을 돌려라 94
벽오동 숲길에서 95
작은 산 96
나를 아는가 97
새 98
어느 날 갑자기 100
시인 박철에게 101
숲 102
고모 103
찐빵 찌는 세상 104
강 106
철이의 기쁨 107
어부 108
흰 손 109

1부

사랑

생의 빛깔은
얼마나 푸르던지요
얼마나 무섭던지요

포구는 잠시 길을 잃고
갈매기는 다투어 물 깊이를 잽니다

아직 돌아오지 않는 당신
우리는 모두 망망대해 앞에 선
어부의 아내입니다

굴참나무의 행복

겨울 산은 모든 것을 보여주는 듯하지만
굴참나무의 등뒤에 새겨진 달빛의 사연은 영 내놓질 않는다
봄기운 돋아나는 맑은 날
서둘러 산에 올라 나무 뒤로 가보면
굴참나무는 빙빙 몸을 돌려 제 등에 새겨진
상처를 숨긴다
여름날 무수히 많은 청춘이
팔걸이를 하다가 남기고 간 추억이
나무는 부끄러웠던 모양이다
나는 아름드리 몸통의 쩍쩍 갈라진 이야기가 하도 궁금하여
내심 땀을 쥐며 기다리건만 나무는 무언가
빼앗기지 않겠다는 양 다리를 묻고 섰다
겨울 산은 온통 산까치의 빈집, 남녘으로 날아간 중대백로의
숨찬 날갯짓, 새털구름의 현혹을 자랑삼아 늘어놓지만
나는 언덕에 섰는 저 굴참나무의 사연이
끝내 궁금한 것이다
시외버스를 타고 산언저리를 돌아가면서도
나는 산언덕의 말없는 한 굴참나무를 가리키며
저거야 저거야 내 마음을 온통 뒤집어놓는!
그때 사람들이 쉽게 등을 보이고 돌아서 내릴 때에도
나는 아무런 연유도 모른 채 그저 차창에 기대어

온 마음을 겨울 산에 묻고
멀리 떠나보는 것이다

영진설비 돈 갖다주기

막힌 하수도 뚫은 노임 4만 원을 들고
영진설비 다녀오라는 아내의 심부름으로
두 번이나 길을 나섰다
자전거를 타고 삼거리를 지나는데 굵은 비가 내려
럭키슈퍼 앞에 섰다가 후두둑 비를 피하다가
그대로 앉아 병맥주를 마셨다
멀리 쑥국 쑥국 쑥국새처럼 비는 그치지 않고
나는 벌컥벌컥 술을 마셨다
다시 한번 자전거를 타고 영진설비에 가다가
화원 앞을 지나다가 문밖 동그마니 홀로 섰는
재스민 한 그루를 샀다
내 마음에 심은 향기 나는 나무 한 그루
마침내 영진설비 아저씨가 찾아오고
거친 몇 마디가 아내 앞에 쏟아지고
아내는 돌아서 나를 바라보았다
그냥 나는 웃었고 아내의 손을 잡고 섰는
아이의 고운 눈썹을 보았다
어느 한쪽,
아직 뚫지 못한 그 무엇이 있기에
오늘도 숲속 깊은 곳에서 쑥국새는 울고 비는 내리고
홀로 향기 잃은 나무 한 그루 문밖에 섰나
아내는 설거지를 하고 아이는 숙제를 하고
내겐 아직 멀고먼
영진설비 돈 갖다주기

투견장에서

쇠창살을 붙들고
내 마음 한가운데에서도 그렇게
싸움은 무섭게 벌어지고 있는 것이다
내 가슴 온통 그렇게
사랑은 상처받고 있는 것이다
지쳐 쓰러지는 것은 저들이지만
정작 영영 일어서지 못하는 것은
누구였던가

젖어오는 손 숨죽인 어깨로
세월을 피하듯 엷걸음질을 하다가
호루라기 불면 뿔뿔이 흩어져간다
기러기 줄지어 나는 저 하늘 끝
온전한 사랑은 거기 어디에나 있으려나
누구를 위한 싸움이었는지
무서운 싸움이 끝났다지만 정작
귓전에 맺히는 추임새 더욱 요란한 저녁
몇 푼의 마지막 사랑을 잃고
지쳐 누운 한낮의 열기를 뒤로하고
또다른 나는 쇠줄에 이끌려
허기에 독 오른 네온사인, 야광의 거리
새로운 싸움터로 몸을 숨긴다

격정의 세월

격정은 사라지고
나는 긴긴 잠을 자누나
격정은 사라지고 아이들이 학교에서 돌아오면
어른들은 아이들을 피해 하나둘
놀이터로 나온다
장기판을 놓고 차를 먹고 포를 떼고
졸들처럼 앉아 낮술을 마신다
격정은 사라지고 사랑은 가고
아이들이 버리고 간 그네에 앉아
흔들리는 것은 이것만이 아닐지니
언젠가 다시 올까 격정의 세월
쇠줄을 잡고 생명줄을 잡고
마지막 희망의 노래를 부를 때
차마 멀리 흐려지는
빛 고운 이마

곤당골

언덕도 한때는 산이었거늘
골목을 몇 개 지나야 잎이 보인다

명나라 사신이 한때 쉬어 갔다는 개화리 곤당골 자리
세월이 그 키를 낮추었을 산등성이에
더이상 깎아내릴 바람 들어오지 않고
산은 누굴 이기지 못해 부끄러운 듯 숨어 팔을 괴고 있구나
다음주엔 친구들 불러 삼겹살이나 한번 구워 먹어야겠다

저 바위도 한때는 빗물에 서걱이는 흙이었거늘
버려진 야산에 구색 맞춰 입다물고 누웠으니
다음주엔 친구 불러 입산 금지 무시하고
그 바위에 고수레하며 소주나 몇 잔 돌려야겠다

그리움

그리움이란 내게 맞지 않는 연미복 같은 것이어서
늘 주변을 두리번거리게 만들고
이왕지사, 벗어젖힐 수도 없는 어떤 것이었습니다
잠기지 않는 문의 문고리를 안에서
잔뜩 부여잡고 있다고나 할까요
보다 두려운 일은
어둠 속의 빛들이지요
오늘도 어색하게 잠 못 드는 당신이 있다면
그건 바로 접니다

구름은 어디로 흘러갔는지
물소리, 새소리, 녹음된 테이프를 틀어놓고
황망히 떠나보는 먼길
야윈 눈썹만큼이나 조급하게 창밖은
어떤 정표로 흰 눈을 뿌리고
나는 발자국을 지우며 걸어갑니다

누군가를 그리워한다는 것이
이렇게 막막한 일인 줄은
나 진작 알지 않았던가요
사랑이란 언제나 처음 신어보는 구두 같아서
쉬지 않고 생채기를 갖다붙이고
떼었다간 다시 한번 갖다붙이고
맑은 물 한줄기만 보내줍니다

발자국만 남기고 흩어집니다

그 사람 고영돈이

이십여 년 전까지 마을서 제일 심한 욕은
'에이 저 고영돈이만도 못한 놈'이었다

그보다 더 십여 년 전 일이다
사변 때 인민군 수용소로 쓰던 자리가 아직 남아
허물어져가는 붉은 벽돌담에 누더기를 얹고 사는
정신 나간 여자가 하나 있었다
머리핀 하나 던져주면 노래를 곧잘 부르던 그 여자를
마을의 주정뱅이 고영돈이 임신을 시킨 것이다
어쩐 일인지 겨울이 되기 전
여자는 무거운 몸으로 마을서 사라졌다
고영돈이 어디 가서 죽여버렸을 거란 말도 있었다
그때부터 사람들은 작은 잘못에도
에이 고영돈이만도 못한 놈이라 우스개를 놓고
사람들은 또 그 소리를 피하기 위해 몸을 사렸다
그 고영돈도 폐인이 되어 거리를 헤매다가
한 십여 년 전부터 슬며시 보이질 않는다
그런데 이상하게도 이제
그 누구도 고영돈을 빗대어 욕을 한다거나
어쨌거나 마을의 얘깃거리였던 고영돈을 찾지 않는다
누군 그게 다 너 나 할 것 없이
이젠 모두 고영돈이가 되어 살아가는 탓이라고
재미없는 우스개를 던지지만
정말 누구 하나 웃어주는 이 없고 사람들은

서둘러 집으로 돌아갈 뿐이다

한때 마을의 눈금이 되어주던 고영돈이 그 사람
그이가 다시 나타나 마을의 탕아가 된다 해도
이제 쉽게 눈에 띄진 않을 것이다
저마다 그 이름 대신 자신의 이름을 끼워넣으며
붉은 벽돌처럼 허물어져가는 가슴에서
그 사람 고영돈이 무슨 소용이 있겠는가

수용소 자리도 없어지고 마을은 깨끗하게
아파트가 들어서 숨죽이며 치장을 하고 섰다

바람과 하늘과 별과 시

바닷물을 빼면 지구는 밤송이 같다는데……
이런 쓰잘데없는 생각을 하던 차에 태평양 건너
멀리 사는 벗이 조국을 찾아와 전화를 했다
열두시 반 신촌로터리에서 만나 부대찌개를 먹으며
그냥 침묵으로 서로의 안부를 들었다
바람 한 점 없고 별도 없는 유월의 한낮이었으므로
거리로 나와 걷다가 무작정 연세대로 들어섰다
걷다가 더 올라가 윤동주 시비를 둘러보았다
시비 주변 잔디를 툭툭 차며 친구는 말했다
혹 우린 너무 오래 살고 있는 것은 아닐까
학생들이 시비 옆 벤치에 앉아 짬뽕을 시켜 먹었다
밝고 건강한 아이들의 손놀림을 뒤로하고
단풍나무는 원래 저렇게 봄부터 붉은가?
바닷물을 빼면 지구는 밤송이 같다는데
바다 건너온 친구는 쓸데없이 투정을 부렸다
하늘을 우러러 한 점
부끄러워하는 것이 부끄러운 시절
우리는 가던 길을 되돌아나와 하나는
다시 로터리로 가고 나는 김포로 가는 버스를 탔다
다시는 찾지 않겠노라
차창에 기대 조국이며 윤동주며
그런 사라져가는 것들을 떠올렸다 아무 쓰잘데없이

너희들 잠든 사이

—두 딸에게

그렇게도 여자를 그리워했더니
어디 한번 당해봐라
너희 둘 보내주었거니 에미까지 합이 셋
그렇게도 사랑에 목말라했더니
사랑이 어디 가슴이 확 트이는 킨사이다 정도냐고
너희들 내게 보내주었거니 너희들 잠든 사이
등판 적셔 벽에 기댄 채 하염없이 하염없이
잃어버린 여자들과 잃어버린 사랑과 잃어버린……
잃어버린 젠장에 대해 생각한다
아, 이제 나는 빈털터리
앙상한 뼈와 남모를 잔주름
어디에도 살점은 없다
더이상 잃어버릴 것은 없다
남은 것은 뒤엉켜 잠든 세 여자
세월이 다시 이만큼 흘러
너희들 남자를 그리워하고 사랑에 목매달고
손바닥 가득 식은땀 흐를 때
누군가의 잃어버린 세월과 잃어버린 사랑과
더이상 잃기 싫어 눈물로 채운
긴 밤과 빈 상자에 대해 생각하라
덜컹덜컹 모서리로 구르다가 볼품없이 구겨진
작은 상자에 대해 생각하라
그것이 너희들 잠든 사이
남아 숨쉬는 자의 마지막 행복이었으니

2부

서른 개의 잊혀진 이름

빨랫줄에서 걷어온 양말을
하나둘 접으면서
하얗게 묻어온 가을빛도 거기 끼워놓는다

손끝까지 가벼워지는 오후
아마 서른 개는 넘을 거야

베란다에 서서 지붕들을 세어가며
지붕 위에 빛나는 하얀 이름들
누군가 말갛게 빨아 널어놓았다

놀이터, 풍경

오후 네시, 방화동 쌈지공원에
겨울이 갔다 봄은 오지 않았다
중학생 하나가 좌우로 몸을 비틀며
농구대를 향해 자맥질을 하고 있었다
공은 자꾸 튀어나왔다
나는 다리를 쫙 벌리고
혼자 시소를 탔다 시소는
좌도 이기고 우도 이겼다
빛과 어둠이 힘자랑을 하고
눈도 아니고 비도 아닌 것이 공원 벤치를 적실 때
멀리
사이렌 소리가 들렸다
불자동찬지 응급찬지 알 수 없었다
쓰레기차라 해도 괜찮았다
철모르는 슬리퍼 한 개
그네 밑 모래에 처박혀 숨죽이고
녹슨 쇠기둥이 마을의 빗장이었다
중학생이 공을 던지며 자꾸 흘깃거리고
나도 눈길을 빼앗겼다
고요한 이 계절, 이 시대에
함께 공을 던지거나
마주앉아 시소를 탈 수는 없는 일이다
누가 다 잡아갔는지
놀이터엔 아이들 하나 보이지 않고

나무들은 모두 죽어 있고
어둠이 빛을 밀어내면서
마을엔 온통 전화벨이 울렸다

남생이

하나에 천오백 원씩 삼천 원에 남생이
두 마리를 사다놓고 네 식구가 다투어 먹이를 놓는다
아내가 아침에 일어나 맛기차표 관상 사료를 주면
큰애가 사과 껍질을 썰어주고
세 살배기 둘째는 멸치 대가리를 던져넣는다
나는 새벽 서너시에 싱크대를 오가는 바퀴벌레를
잡아 봉양한다
남생이는 고개를 절레절레 흔든다
이리 굴리고 저리 굴리고 하늘이 온통 누렇다
아침이고 저녁이고 말갛게 뜬 얼굴들이
하늘을 가리고 빛을 차단하고 꾸역꾸역 먹이를
디미는 것이다
남생이는 고개를 흔든다
세상에 이렇게 할 일 없는 족속도 있는가
고개를 흔들다가 그냥 아예 들어가버린다
꼴 보기가 싫은 핵가족이다
가두어놓고 먹이고
정말 자유를 모르는 짐승들이다

광화문 서정

내 나이 이제 사십 세상의 유혹에 빠져도 좋을 나이 빗줄기 반짝이는 봄의 어둠을 뒤로하고 불 밝은 거리로 떠나왔다 그들이 나를 버렸는지도 모르겠다 전광판 가득 힘 좋은 벗들의 사랑이 나부끼고 탕……, 옛 국제극장 앞 벤치에 앉아 대통령의 총소릴 듣는다

김포로 가는 막차를 보내고 탕……, 품안에 넣어보는 또 한 발의, 또 한 발의 총소리

광야의 빛

새벽 다섯시
창문 여니 싸안하게 안기는
겨울 찬바람
비로소 되찾는 안도
어둠은
어떤 이의 빛이냐

새벽 다섯시
겨울 찬바람

장좌송(長座頌) 1

강산을 두루 뒤진다고
이 땅 멧줄기 모두를 밟을 수 있는 것도 아니고
사해를 넘나든다 해도
지구 둥근지를 모른다
하나둘, 하나둘,
별을 헤어보나 우주는 멀고 잘못하다간
목 디스크나 걸릴 일
미명 뚫고 찾아드는 동박새 한 마리
부리 끝에 붉게 토해내는
아침 햇살을 보았네
한 마리 새의 노래는 열 마리 새의 입술
열 마리 새의 사위는 백 마리 새의 몸, 깃
가벼워라, 가벼워라, 가벼워라
무릎이나 두드리리
무릎이나 두드리리

누구도 자리를 만들지 않았건만

앉은자리에 겨울은 가고 봄은 오고
앉은자리에 세월은 가고
앉은자리에 지구는 돌고 우주는 헐떡이고
앉은자리에 꼼짝도 못 하는 자리에
새싹은 돋고 꿈은 솟구친다
앉은자리에 새는 날고 새의 꼬리 끝에
반짝이는 햇살 눈부시다
앉은자리에서 고개를 돌리고
앉은자리에서 그 자리에서 한 그루의
생은 사라져간다
앉은자리에서의 넓이뛰기
앉은자리에서의 높이뛰기
앉은자리에서 불러보는 사랑 노래
노래는 흘러 공기처럼 부서지고
앉은자리의 흔적조차 지워버린다
다만 낮게 흐르는 메아리
어쩌나 어쩌나, 생은 아름다운 것

공항의 불빛

멀리 김포공항 활주로의 불빛을 보고
누군 알밤을 숨기던 아궁이의 밑불을 떠올리고
누군 삽교천의 포장마차를 떠올리고
누군 속초 앞바다의 집어등을 떠올리고
누군 발칸포의 힘찬 파상음을 떠올리고
누군 지구를 구하러 온 비행접시를 떠올리고
누군 성탄 전야의 대학로를 떠올리고
어떤 이는 소녀가 돌아선 골목 끝의
반딧불이를 기억한다
그리고 잠시 미소를 띠어본다

누군 떠나고 누군 돌아오는 먼길
활주로의 불빛은 그렇게 가지런히
저마다의 마음에 불꽃을 지핀다
그리고 날개를 펴 줄달음쳐 솟구쳐올라
마음의 길을 열어 구름 속을 난다
밤이면 홍등가처럼 피어오르는
불멸의 힘 활주로의 불빛, 아

들끓고 있음의 나무

그는 요즘 흔들리는 것이 아니라
젖어 있다
젖어 들끓고 있다
여동생 아파트의 십오층 베란다에서도
서쪽 하늘의 별빛 아래에서도
조흥은행 방화동 지점의 소파에서도
김포로 가는 막차의 운전석 뒤에서도
그는 요즘 쓰러지는 것이 아니라
미쳐 있다
미쳐 들끓고 있다
끓어넘치고 있다
카페 FINE에서 그는 운다
들끓어, 끓어넘치는
그를 주체하지 못하고 운다
울다 숨이 차 꺽꺽거리고
꺽꺽대면 다시 숨이 차고 그래서 또 들끓는다
그는 요즘 자라고 싶은 것이 아니라
젖어 들끓다가 어느 날
우뚝 멈추어 서고 싶은 것이다
멈추어 깊이 뿌리를 내리고
영원히 아름다운 한 그루 무과수
나무가 되어 아름답게
흔들리고 싶은 것이다

3부

칼숲에서

내 인생의 실타래,
검은 숲길에서
단 한 번 밑줄 긋기 위해 너를
만났던가 헤어졌던가

칼숲
잇몸 뭉개져 흐느적거리며
너를 안았던가
서슬 퍼런 세상의 길 잃은 승냥이 되어
나 녹슬며 홀로 서다

치골(恥骨)

쓰여진 역사를 믿지 않듯이
빛나는 사랑을 믿지 않습니다

다만 치골에 감사할 따름입니다
아름다운 그 동산에 감사할 따름입니다
남모를 작은 숲이 아니었던들
우리는 깊은 욕망과 욕망으로 영원히
욕망의 블랙홀로 사라졌겠으니
다만 그대의
치골에 감사합니다

사랑은 서럽고도 은밀한 것
말없는 역사를 믿듯이
잃어버린 사랑을 믿습니다

연

끈이 있으니 연이다
묶여 있으므로 훨훨 날 수 있으며
줄도 손길도 없으면
한낱 종잇장에 불과하리

눈물이 있으니 사랑이다
사랑하니까 아픈 것이며
내가 있으니 네가 있는 것이다
날아라 훨훨
외로운 들길, 너는 이 길로 나는 저 길로
멀리 날아 그리움에 지쳐
다시 한번
쓰러질 때까지

부표

안개 속—부표를 찾다 마침내
미망을 향해 노 저어 가다
옷 벗은 서울의 달아 손 좀 잡아보자
저어도 저어도 부표는 밀려간다
밤 깊은 세종로 은행잎 타는 계절
아, 저 야박한

차라리 나 돌아오지 말고
오세아니아에 살걸
오세아니아 대륙 떠돌다
캥거루 뒷발에나 채일걸
거기 원시의 낙엽 속에 한줌 흙 될걸
한줌 흙 되어
흙에서도 사람 위에 사람 있음을 알고
몸 낮춰 비바람과 벗 되어 살걸
그리고 이렇게 말할걸
안개야 바람아 저 달은 알겠지
저 낯선 새는 알겠지
인생은 검푸른 외지의 하늘 끝
움츠린 상현달, 떠가는 부표와 같다는 것

어느 한 시절
종종거리며 버스를 기다리던 때가
마지막 행복의 한가운데였구나

집으로 가는 버스를 하나 더 보내고
고개 들어 부표를 찾다
……
부표를 따라 나, 몸 날려보다

편지

당신은 무엇으로 엮은 섬섬옥수기에
이리도 질기도록 흩날리느냐
당신은 어디에서 온 깃발이기에
이리도 서럽도록 펄럭이느냐
사랑은 흐르는 물과 같다 하는데
당신은 어느 계절 빗물이기에
쉬지 않고 온 세상을 적셔오느냐
창 하나 가득 별들을 뿌려놓고
금단 환자 떨리는 손끝으로
마지막 꽁초를 줍듯 만져보는
잊지 못할 사랑의 이름

학창 시절 쓰던 책상 서랍 속에서
이십여 년 전 낙서장을 찾아 읽는다
그래도 그땐 네가 이뻤느니라
수심 깊은 어머니가 곁에 서서
덧없이 늙어가는 아들 곁에서
더 깊은 수심을 쏟아놓는 날
그래요 그땐 이뻤었지요
웬만한 여자애들은 이런 편지 한 장에
달빛 받아가며 둑길에 나와 섰었잖아요
비닐우산 움켜쥐고 김포극장 앞에 섰었잖아요
엄마 욕 먹어가며 전화질을 했잖아요
그러나 이젠 촌스러운 낙서가 되고

부끄러운 옛일이 되고
이층 다락방 먼지 속에 숨죽이고 있잖아요
편지 쓸 이유도 없고 어리석게
편지 받을 누군가도 없는 날들의 오후
마지막 쓰레기를 보듬고
가을날 마당으로 나가
불을 지핀다
불을 지펴 날려버린다

통진 지나 강화

병자호란 때
국치를 참지 못한 김익겸이 자결을 하자
만삭의 미망인이 뱃속에 서포 김만중을 안고
강화를 빠져나와 잠시 쉬던 곳이 아마
내 집 앞쯤이었을 것이다
경제국치라는 이 시대
뱃속 가득 궤양 가스를 채운 채
하종오 시인과 통진 지나 강화로 간다
노후를 위해 어렵게 마련했다는 촌가
백운 이규보의 무덤 근처 외딴집
그나마 아들이 대학 가면 팔아야 할 것 같다는
선배 시인의 수심을 들으며 서해로 간다
일없이 벗어지는 머리
일없이 야위어만 가는 두 시인이
만삭의 석양을 바라보며
산고를 치르듯 애써 미소를 던져본다
살다보니 이 땅의 시인이 되고
살다보니 통진 지나 강화로 오고
살다보면 꿈도 멀지 않으리
그런 되지못한 생각으로 오후를 보내다가
아무것도 채우지 못한 채
아무것도 버리지 못한 채
다시 통진 지나 서울로 온다

서향집

서향집을 지었네
서향집 뜨락에 좁은 길도 세웠네
길은 들판으로 향했으나
바람이 마을의 온 식구였네
여우비가 마당을 쓸고 간 날
섬돌 위에 앉았던 묵은 노을
서향집을 하얗게 태워버렸네

김포

들길 가득 안개가 자리하고
비행기는 오지 않았다

밤새 뒤척이던 사내 하나 강변으로 나가
하얀 자갈을 골라 물에 던졌다 강 건너
행주산성에선 함성이 들렸다

잊어라 잊어버려라

안개가 마을을 떠나지 않고
비행기는 오지 않았다

별

어제의 별이 오늘의 별은 아니지요
푸른 하늘 흰구름 보며
어제의 당신이 아닌 오늘의 당신을 찾아갑니다
돌아보면 살아온 발자국도 마찬가지
어제의 사랑이 오늘의 사랑이 아니지만
나는 그래도 당신 곁에 갑니다
물론 어제의 나는 오늘의 나입니다

세월

뒷동산

집 뒤 상수리나무숲에 오르면
삼층 교실에서 내려다보는 학교 운동장처럼
김포공항이 빠안히 내려다보입니다
거기 굴비처럼 비행기가 줄지어 있고
나는 지금껏 가슴 조였습니다
내 섰는 자리가
마을 사람들 깨닫지 못하고
적군도 아군도 까맣게 모르는
나만이 아는 국가 특급 보안 지대라구요
이제 그 옛날의 내 나이 된
딸아이의 손을 잡고 숲을 거닐며
몇 번이고 이렇게 되뇌어줍니다
얘야 이곳은 아무것도 아니란다
얘야 이곳은 아무것도 아니란다

돈돈[金豚]

먹고 먹고 또 먹고
한 번에 스무 마리 새끼를 낳는
달구지만한 접돼지가 있었지요
마을 사람들 돈덩어리라 모두 부러워했지요
중학 모자 단정히 쓰고
나는 마을 사람들의 어리석음에 짐짓
혀를 찼습니다

그러나 마을 사람들의 부러운 그 눈매가
돈돼지도 아니고 돈돼지 주인도 아니고
그 견고한 울타리였음을
겨우 시인 되어서나 알았습니다

물

내 사촌 상분이는
물가에서 고무신 씻다가
떠가는 꽃고무신 한쪽을 잡다가
여덟 살 나이에 빠져 죽었습니다
상분이 나이 된 딸의 손을 잡고
바로 그 물가에서 오늘도
오지 않는 버스를 기다립니다
물이 밉고 고무신이 밉고 상분이가 미운
김포벌 노을빛입니다

4부

골목 끝에 누가 있나

이십 년이 지나도 목청만 남은 을지로 쓰르라미야 오늘도 우니 반갑다 푸성귀 같은 울음 들으니 사랑은 이제 입간판 흔들리는 골목 끝 작은 햇살에도 빛나고 있음을 알겠다 시내버스를 타고 가다가 우연히 멈춘 을지로 골목 입구 거기 불빛 곱던 생맥줏집은 사라졌지만 급정거하듯 목이 덜컥 걸려오며 옛사랑 한줄기 목구멍으로 밀려온다 가다 쉬고 가다 쉬고 하면서도 한 치 앞을 모르는 사거리 러시아워 속에서도 나는 사랑을 했지 수정 같은 눈물을 흘렸지 쓰르라미 울음소리에 걸음을 멈추었지 세월이 지나도 목청만 남은 을지로 쓰르라미 한 치도 식지 않은 사랑의 솟대야

가로등

가로누운
하늘
세로 누운
사람들
네모난
버스
가볍게 손잡고 떠나면
둥그런 자리에 맑은
달빛
빗살무늬 새기며
빗살무늬 지우며
남은
가로등

복종 머리 느티나무

느티나무는 그동안 남이 만들어놓은 길만 걸어왔다
바람이 불면 바람이 부는 대로 몸 기울이고
눈이 오면 어깨를 잠시 빌려줄 뿐
마을의 주인이 서너 번 바뀐 뒤에도
느티나무는 떠날 줄 몰랐다
때때로 짝 잃은 까치가 앉아 칼울음을 놓고
길 잃은 방패연이 매달릴 때도
느티나무는 언젠가 바람이 전해주고 간 말을 떠올렸다
기다리면 온단다

이제 그만 누군가 아름드리
그의 허리를 탐할 때도 됐건만
모양 좋은 의자 되어 쉬게 해도 좋으련만
오늘도 느티나무는 길가에 서서
지나는 바람 즈문 햇살에 몸을 기대고
그리움에 젖어 하얀 미소를 띄운다
기다리면 오는 이
기다리면 오리라
기다려 오지 않는 이도
기다리면 오리라

몽환의 길

밤기차 안에서 코발트빛 표지의 책을 읽습니다
책 속엔 적도로 가는 길이 있습니다
그 길을 따라 야자수 열매 탐스러운 숲을 헤매이고
맹그로브나무 팔을 벌린 붉은 언덕
바오밥나무 뒤뚱대는 적도를 지납니다

스콜이 한차례 거리를 적시면
대들보 비스듬한 슬래브 집 처마에 앉아
젖은 책갈피를 헤치며 책을 읽습니다

책 속에는 상심한 여자 하나 도심을 빠져나와
기차를 타고 차창에 기대어
날개 푸른 책을 읽고 있습니다

책 속엔 사랑의 폭염 그득한 적도가 있습니다
기차는 달려가고 땀과 정열의 바다
여자는 거침없이 코발트빛
둥근 지구 위를 달려갑니다

세월

아스팔트에서 조금만 굽어 들어가도
먼저 반기는 것은 폐가 한 채다
납삭한 슬레이트 지붕 비스듬한 지게 작대기
올망졸망 장독대가 자유롭다
잡풀은 지천으로 뻗어 있고
문고리엔 한 시대의 소란이 있다
예 살던 주인은 더 나은 집에서 옛집 생각에
코끝이 시릴 것이다
온전히 자기 몫을 다한 뒤의 기진한
집 한 채가 아름답게 산자락을 수놓는
볕 좋은 가을이다
누군가 떠났다고
모두가 떠나는 것은 아니다

그해 겨울

—아우에게

너도 알겠구나
어제는 오랜만에 옛 친구 우택이와 경섭이가 찾아와 술 한잔했다
인창고에서 넓이뛰기를 하던 경섭이, 경신고에서 역도를 하던 우택이
이제 나이 사십이 되어 찾아와 더이상 멀리 뛰지 않는 현실과
더이상 들어올리지 않는 세상의 무게를 감당하기 힘들어 흔들거렸다
시인이 부럽다고 하더구나 모르니까 하는 소리겠지
우리는 그 옛날을 떠올리며 아쉬워했다 진정 아파했다 최고의 선수가 아니라 최선을 다하지 못한 것을
긴 여름이 가고 겨울이 왔구나
더운 장마 쓸려간 자리엔 상처만 있는 것이 아니다
빈 거죽만 있는 것이 아니다 거기엔 비로소 제대로 박힌 돌부리도 있다
마침내 새로 숨쉬는 씨알도 있다
그 여름이 가고 가을이 가고,
그해 찬 겨울 너는 옥방 좁은 바닥에 있구나
마음 깊이 최선을 다해 멀리 뛰고 멀리 날아라
찬 서리 내리거든 속 깊어 더욱 서러운 그 빛깔에 눈을 주어라 그리하여, 그리하여 그리움 사무치거든,
신체 보존하여라 금쪽같은 아우야

뒷산에 올라

—고운기에게

뒷산에 오른다 뒷산에 올라 가늠해보니 삼십 년 전이나 지금이나 비루먹은 소나무 기울어진 바위 한 치도 자라지 않았다 시대를 알아 김포 앞 들판은 비행장이 되고 시대를 따라 이제 들길은 이천오백 톤급 화물선이 지나는 운하가 뚫린다고 한다 언젠가 금을 캐는 금광이 생긴다 해도 소나무는 이 모양으로 비틀어지고 바위는 먼지를 뒤집어쓰고 언덕을 내려다보며 그러려니 하겠지 왜냐하면 그 누구도 볼품없는 민둥산에 눈길 주는 이 바이없고 가끔 멀리 비슷한 산들이 서로 손짓하며 창랑의 안부를 묻기는 하겠지만 산은 저 물길보다 제 키 낮음을 슬퍼하지 않으리니

막대기

인적 없는 방화동, 원일빌라 놀이터
녹슨 그네에 아이를 올려주고
담장 밑 그늘에 앉아 고개 숙이니
발아래 작은 막대기 하나
무심히 들고 있다가 이름 몇 자 쓰는데
손끝이 따뜻하다
따뜻하다 비바람에 천덕꾸러기로 굴러왔을
닳고 닳은 막대기의 이리저리 편안한
몸뚱이가 푸른 하늘 아래
진물 나게 정겹다
몸 비틀어 흔들리는 아이의
다가올 새 세상을 생각하다가
햇살 한 사발 벌컥 들이켜고 일어서니
막대기는 먼저
성큼성큼 제 길을 간다

해가 솟는 가을비

충무로에서 지나가는 비를 맞으며
내가 만난 길바닥의 동전은
1980년의 어떤 아픔을 새기고 있었다
동전은 맑은 햇살 속에 비를 맞으며 쭈그려 앉은 나의
발끝에서 고개 들어 더 먼 세상
엽전들의 추억까지 전해주고 싶어했다
추억이란, 추억이라니
나는 1980년의 이런저런 슬픔을
그저 십 원 정도의 가치로 외면하고 일어섰다

길바닥에서 만난 그 동전이
끝내 전하려던 1980년의 슬픔은
무엇이었을까
죽음이었을까 사랑이었을까
아무튼 나는
1980년을 살아낸 사람이고
아무튼 지금도 죽음은 널려 있고
누군가를 사랑하고 싶고 결국 모든 것은
슬픔으로 끝난다는 것을 알면서도
나는 길을 가고 있는 것이다
얼마나 먼 거리일까
내가 모르는 동전의 이면이란

장마

울음소리가 들렸다
한줄기 바람이 불어오고
담장을 타고 날아온 작은 바람이
발아래 계단 밑에서 부서질 때
아이의 울음소리는 다시 이어졌다
아이를 안은 여인의 흔들리는 몸짓에 따라
울음소리 역시 규칙적으로 흔들리면서
부엌문을 빠져나와 담장 밑에서 흩어졌다
아이의 울음소리는 지쳐 있었다
얼마나 지쳤는지 바람이 막아선 부엌문의
틈새조차 빠져나오지 못하고 그 안에서
빗물처럼 휘감기다 잠시 물러섰다
담장 너머 빗줄기 속으로 가로수가 보이고 겨우
신작로가 보였다
사람들은 보이지 않았다
낮에도 비가 오고 밤에도 비가 오고
아이는 빗줄기를 잡고 울음을 토해냈다
여인과 사내도 아이 몰래 신열을 앓았다
사내는 계단에 앉아 빗줄기에 몸을 식혔다
아이의 울음소리는 그치지 않고
낮에도 비가 오고 밤에도 비가 오고 하는
낯설고 긴
장마

시인 이후 2

시인 이전 나는 아무것도 아니었고
시인 이후 나는 사람도 아니었다
시인 이전 내가 이룬 것은 작은 그림책
거기 색다른 무지개를 그렸고
시인 이후 나는 무지개를 지나쳤다
시인 이전 얻은 것은 악성 불면증
시인 이후 얻은 것은 낙서 몇 장
시인 이전 잃은 것은 사랑
시인 이후 잃은 것도 사랑
시인 이전 세상은 모를 일이었고
시인 이후 세상은 니미 좆이다

발자국

개화산 비탈길
눈 녹지 않은 그늘 골짜기
약수터 가는 길
서이 너이 다섯
발자국 둘러싸고
가던 길 멈춰 입씨름한다
범이다 아니다
노루다 반달곰이다
아니다 호랑이가 맞다
해 솟아 그늘 더욱 짙은데
물통 든 사내
컹컹대는 도사견 한 마리 앞세우고
개화산 비탈길을
내려오는 아침

누렁이

나는 매일 조금씩 죽어갔다네
그리고, 드디어 죽었다네
해탈은 아니었다네
목에 걸린 생의 무게라니
나는 매일 두려웠다네
어둠만이 내 시린 속살을 부추겼다네
어둠 속에 나는 달려나갔네 그 많은 날들
압점과 통점이 뒤섞이고 나는 결국
떠나지 못했다네
사랑이 아니었다네
해가 뜨면 나는 다시 어깨를 내리고
조금씩 죽음을 기다렸다네
타오르는 태양이 용을 쓰던 어느 날
지푸라기 하나 혀를 차며 사라졌다네

나 이제 죽어
깃발처럼 이리저리 몸 나부끼니
자유는 아니라네
뒷다리 하나 경동시장으로 건너와
어느 기운 없는 욕정의 목구멍에 걸렸다가
뜻 잃은 발길질 한번 해보고
또다른 어둠으로 밀려갔다네
내게 주어진 새로운 생이라네

5부

퀸스강

가을이 오면 호주 대륙 퀸스강에는
건기를 피해 강을 건너려는 백여 마리의 캥거루가
물살 거친 퀸스 강가로 몰려든다
강물 속에는 세계에서 가장 덩치가 크다는
악어의 무리가 숨을 죽이고
한동안 캥거루와 악어떼의 실갱이가 계속되다가
서너 마리의 캥거루가 선뜻 뛰어들어
악어의 입을 잠재우는 동안
다른 캥거루는 우기를 찾아 무사히
퀸스강을 건넌다
아무도 모른다
악어밥이 된 캥거루의 죽음이
고결한 순교인지 강요된 죽음인지 다만
도무지 알 수 없는 일이 그렇게
호주 대륙 퀸스 강가에선 매년 일어난다

길 물어 잠시 찾아온 호주 대륙
찾는 이는 없고
물길 거센 흙탕물 속에도 삶은 그렇게
너울너울 흘러가고 있구나

겨울밤

살아 있는 모든 것이 돌아서는 밤
슬픔은 기러기처럼 손잡고 온다
이별은 굴비처럼 겹쳐서 오고
기쁨은 한여름 밤 반딧불로 가물거린다
사랑은 스쳐간 한낮의 매미 소리
너희도 지쳤느냐 겨울밤의 서쪽 별
종합병원 대기실의 빈 의자들아
영안실의 냉동 창고야
두렵고 벅찬 하루가 가고
어둠의 하루가 새털처럼 가볍게 다가서는데
겨울의 밤아 추운 겨울아 빛 잃은 하늘아
포르말린으로 눈물을 채우니
살아 욕될 모든 것은 나의 꿈
마침내 올 새아침을 보자
화석이 다시 용암되어 흐르는
마침내 터져 솟구치는 저 새아침

이론과 실제

김포가 금포 될 날 기다리다가
떠나간 할아버지 제삿날
교통지옥을 뚫고 어렵사리 모였다
절을 하며 막차 걱정을 했다
나 죽으면 제사하지 말아라
흩어질 때 아버지가 어둠 속에서 말했다
무슨 말씀을……
세상 쓰레기 온통 뒤집어쓴다 해도
김포는 김포예요
돌아서며 막차 걱정을 했다
이론과 실제는 이렇게 다른 것이다

걸어다니는 미라

대중목욕탕에서 덜렁덜렁
벗은 몸으로 다니다가 거울 앞에 서면
인간의 욕망이 얼마나 집요하고
무서운 행사인가를 알게 된다
어느 시절, 무엇을 위하여
저리 기다리는 것인지
무지몽매한 생의 미련이라니

대중목욕탕에서 주섬주섬
붕대를 감고 거리에 나서면
가야 할 길이 얼마나 먼 곳인지
어둠이 얼마나 깊은지 알게 된다
세월이 모든 것을 변하게 하고
그 누구, 돌아올 이 없다는
간단한 이치를 깨닫지 못하고
힘을 주어 내딛는 발걸음이라니

뼈마저 야위는 입춘이다

장좌송 2

부정의 부정의 부정의……
아, 마침내 별똥별은 떨어지고
새는 방안으로 들어와버렸다
새는 나갈 줄 모른다
새는 놓아두고
나는 홀로 떠난다

길 잃은 새의
또다른 부정

소나무

할아버지 거닐었고
아버지 숨 돌리던
뒷동산 잔솔밭
나마저 몸 비비고
귀기울이던 바람의 언덕
어린 딸아이 저만치서
조용히 노네
소나무야
이제 그만
입 열어
말 좀
해다오

플라타너스에 잡힌 고양이

아무래도 그렇지
쥐를 못 잡는다고 해도 그렇지
쓰레기봉투를 뒤져 세상을 더럽힌다 해도 그렇지
플라타너스 손 큰 그림자
팔월 더위에 쩍쩍 달라붙는 거리에
저 요지부동의 아름드리에 염천에
털 달린 짐승을 묶어놓을 수 있나
해는 뜨겁고 사람들은 골목으로 숨고
실성한 듯 고양이 혼자
입을 씰룩이고 있다

집

떠난 이들도 하나둘 찾아드는 제삿날
슬며시 빠져나와 김포 둑길을 걷다가
서해 붉은 기운에 밀려 좌석버스에 오른다
일없이 걷는 동안 이마를 식혀주고
그래도 손끝이나마 잡아주던 들판 바람을 뒤로하고
다시는 돌아오지 않을 탕아처럼 서둘러
광화문행 130번 좌석버스에 몸을 싣는다
세종로 종착지의 전광판에서
마침내 일본을 이겼다고 만세 삼창 하는 저녁
오늘은 술값 무료라는 호프집에 들어가
젯밥 훔치듯 곁눈질로 대구포를 뜯는다
무엇이 부끄러운가
무엇이 두려운가
뒤틀린 대구포처럼 질기게도 살아온 이쯤
다만 구차했으나 비겁하지 않았거늘
공짜라는데 무엇이 두려워 주머니를 뒤적이나

아 이제는 조금 알 것 같다
내 이마 끝에서 장탄식 삼아
전쟁 나면 내 자식 남의 자식 다 죽는다는데
김일성이는 왜 안 내려오나
이 땅의 전쟁을 기다리던
고향 잃은 피란민 어머니의 마음
나 이제 두 자식의 애비되어

그 아이들 야윈 손목 보니 조금은 알 것 같다

집이 없구나
돌아갈 집이 없구나
공짜 술도 떨어져 삼삼오오 일어서는 불빛 속
이 대명천지, 좋은 세상에
수이 돌아가 넙죽 절하지 못하는 후레자식
천민자본주의라는데
나 미천했으나 진정 게으르지 않았거늘
떠난 이들도 돌아와 고개 숙인 제삿날
홀로 음복하며 사악함을 채운다

희망이 나에게 가져다준 것은 희망뿐이다

내 늙은 매춘의 몸에서
영원히 나를 놓아주지 않고
마른 피마저 흡인하는
이 더럽고
지겨운 것아

정류장

칠월은 기다림이다 길모퉁이 한증막이다
128번 버스는 용산에서 방화동까지 간다
그러거나 말거나 나는 길 위에 섰다
큰 차는 작은 차를 밀고 작은 차는 큰 차를 밀어주면서
꾸역꾸역 언덕을 넘어가거나 말거나 128번 버스는
방화동에서 용산까지 맴을 돌거나 말거나

비가 오거나 말거나 칠월은 장마철이다
지금 기다리는 것은 바람이지만
막상 바람이 불면 나는 미칠 것이다
벗은 옷을 주워 입어야 하므로
식은땀을 거두어야 하므로
늘어진 가로수를 일으켜세워야 하므로
칠월의 한낮 남영동 버스 정류장을
떠나야 하므로 한줄기
바람이 오면 어떡하나
나는 두려움에 떨며 128번 버스를 기다린다
인생도 한번 탔다가 중간에 잠시 내릴 수 있나

지금 그리운 것은 한 점 바람이지만
막상 바람이 불면 나는 미칠 것이다
탈 수도 내릴 수도 없는 칠월의 한낮
미쳐 화살처럼 날아가 거칠게 숨을 몰아쉬는
낯선 태양에 박힐 것이다 불의 바다에 흐를 것이다

날개

그는 육교에서 뛰어내릴 생각을 한다
더 멀리 가고 더 멀리 날고 싶은 꿈이다
그러나 마침내 육교 난간을 잡고 무릎을 꿇고
그는 목놓아 운다 차마 몸 던져 날아보지 못하는
고귀한 그의 생, 초상
희망은 그렇게 늘 우리 곁에 있어도
손에 닿는 장막이다
손안을 빠져나가는 물거품이다
그 옛날, 화단 위에서 팔짝 뛰어내리는 아이
그곳에서 희망은 훨훨 날갯짓하고
우리는 다만 건넌다
이쪽과 저쪽의 속내도 모른 채
인생이란 하나둘 하나둘 발끝에 힘을 주고
육교를 건너는 것이다 그의 생이
그를 밀어내기까지

살아 움직이는 발자국

이끼 푸른 바위에
박새가 한 마리 앉아 있다
새털구름은 암반을 바라보며 돌아간다
새 삶을 위해
바람이 비워준 장마 끝
챙 챙 챙
해가 솟았다
박새는 숨겨둔 햇살을 튕기며 사라진다
암반 위에 아이가 빗물을 밟으며 참방거린다
맑은 하늘이 모이는 작은 산
생의 흔적이 영원히 숨쉬는
중생대 백악기의 발자국이다

비

왜 빗속에선 언제나
옛 추억이 달려오는 것일까
왜 빗줄기 속에는 언제나
옛사랑이 되돌아오는 것일까
초등학교 벗들의 초롱한 눈빛
고향 뒷동산의 아침 이슬조차도
빗줄기 속에는 제멋대로 제 맘대로
다가와 여린 가슴을 쓸어내리는 것일까
문득 깨어 본 비 내리는 한낮의 창가
그 무거운 먹구름을 뚫고
돌아선 얼굴은 왈칵 달려들어 손을 붙들고
젖은 어깨를 디밀며 뜻 모를 미소로
마침내 내 품에 와 안기는 것일까
왜 빗속엔 언제나 아름다운 눈물이 흘러내리고
나는 그 비를 맞으며
이렇게 서 있어야만 하는 것일까

6부

슬프므로 슬프지 않다

슬픔을 노래할 때 희망은 메아리친다
희망은 울려퍼진다 스피커는 찢어진다
슬픔에 대해 노래하라
손에 핸드 마이크를 하나씩 움켜쥐고
골목골목 한낮의 단잠을 깨우며
떠들어라 이제 슬프므로 언젠가는 슬프지 않다
국립공원 입구에서 표를 받으며
경포대 해수욕장에서 호각을 불며
탑골공원 벤치의 뒷자리에서
슬픔에 대해 이야기하라
기도하지 마라 노래하라 슬픔에 대해
즐겨라 슬픔, 안아보자 슬픔, 뒹굴자 슬픔
날이 새도록 잇몸 부르트도록 온몸으로
맨몸으로 태워라 슬픔 태워버려라
어깨동무를 하고 마당을 돌며 재잰잰잰
놋쇠 찢어지도록 놋물 흐르도록
슬픔의 꽹과리를 두드려라

더운 날의 희망

그래
이 땅의 모든 병들고 가난한 사람들
모여 한번 천렵 가자
가자 가자 가서 더 병들고 외로운
등 굽은 피라미 미꾸라지 참종개 잡아
고추장 풀어 매운탕 끓이며 오지 않는 날들에 대해
숟가락질 한번 해보자 그래,
이 땅의 힘없고 갈 곳 없는 사람들
모여 한번 된장 바르러 가자
가자 가서 길 잃고 비루먹은 개새끼 잡아
대갈통을 후려치고 생간을 뜯어
주둥이 씰룩이며 힘자랑 한번 해보자
이 땅의 모든 사랑 잃은 사람들
모여 한번 미아리 가자
가자 가자 가서 집 나간 누이동생 만나
사타구니에 열린 바나나 받아먹으며
어머니가 가르쳐준 목동의 노래
산마루 젖어드는 저녁노을처럼
부르튼 입 맞추며 가족 상봉 한번 해보자
이 땅의 모든 고향 잃은 사람들
모여 한번 작약도 가자
가자 가자 가서 떠나도 떠나도 제자리라
허정허정 빙글빙글 맴을 돌다가
수평선 물빛 너머 숨결처럼 낯선 꿈이나 한껏 던져보며

돌아와 떠나감만 못한 고향땅, 동구 밖 정신 나간 목장승
미련한 그 장승 부릅뜬 눈매 한번 그려보자 그래,
아, 이 땅의 모든 니기미 씨팔 좆도
모여 한번 개화산 가자
가자 가자 가서 외진 숲에 숨죽여 흐느끼며
수밤나무* 섧은 빈 가지 힘겹게 내민 손에
수정 눈물 흘려주며 아픈 것은 이렇듯 깊은 숲길에도 있으니
살아 숨쉬는 자의 기쁨, 시려 눈물 흘리는 자의 사랑
차곡차곡 보듬고 돌아나오며 저 멀리 석양빛 아래
언젠가 어둠은 누군가의 빛이 되리 그래,
남모를 미소, 희망, 봄날, 청춘 그따위 것들 고이고이
가슴속 깊이 새겨주며
마음잡아 갈무리 한번 해보자
아, 오늘 오뉴월 더운 염천에
아, 가슴처럼 뜨거운 이 깊은 희망의 날에

* 열매를 맺지 못하는 밤나무.

다시 내게 등을 돌려라

그는 아마
부정부패나 불평등, 타락이 싫었던 게 아니라
어떤 누가 싫었었나보다
그는 아마
인간다운 세상이라든가 경제 정의 진리나 순수
진정한 자유가 좋았던 것이 아니라
그 어떤 누가 좋았었나보다
사랑을 노래하고
숨죽여 침묵하던 내게 침을 뱉던 그
세상은 크게 변한 것이 없는데 이제 그는
새로운 얼굴로 침묵의 세월을 보낸다
지금은 제국의 막바지
아, 서러운 삼십삼 인이여 애국지사여
지금은 제국의 막바지
다시 내게 등을 돌려라
다시 내게 등을 돌려라

벽오동 숲길에서

숲에서 잠시 쉬어가며
돌 하나를 주워 손에 넣어본다

손바닥만한 돌 하나
이리 쥐고 저리 쥐고 날 세운 모서리

십만 년 전 아니 더 전에 한 사내 이렇게
이 돌을 움켜쥐고 벽오동 숲에 들어앉아
지나가는 산돼지나 사향노루
더 한가로운 사슴의 엉덩이라도 두들기려고
숨죽이고 있었으면 좋겠다

그 오랜 자리에 오랜 후에
인적 드문 언덕 아래를 바라보며
언젠가 찾아올
한 사내의
손바닥을 떠올린다

작은 산

아파트가 들어서는 날
작은 산은
멀어지는 뭉게구름에 얼굴을 돌리고
별똥별이 되었다
산 아래 빛 고운 밤거리여
너희는 모두가 사랑을 하는구나
멀리 김포 비행장의
퇴역하는 비행기가 마지막 매연으로
다정한 인사를 나눈다
들판엔 중장비가 야간 등불을 세우고
가을 운동회처럼 분주히
이리저리 땅을 밀어붙인다
작은 산은 만국기를 입에 문 채
펄럭이는 바람에 마지막
시린 눈시울을 적신다
잘 있거라 앞 들판 뒷 강물아
처마밑의 멧새들아
그날 작은 산은 몸을 누이고
별똥별이 되었다

나를 아는가

초겨울 비가 세상을 한번 툭 치고 지나갔다
새 시집이 나온 날이다
증정본 스무 권을 들고 김포교통을 기다렸다
버스는 오지 않았다
여자 가수에게 애인이……
있는 게 아니라, 있는 듯하다고 했다
일간지를 훔쳐보다 물러섰다
저렇게 큰 글자도 인쇄할 수 있구나
하루가 다른 문명시대였다
신호제어기 옆으로 사내가 하나 쓰러져 있었다
우리는 그가 죽었다고 생각했다
버스는 오지 않았다
시집이 자꾸 옆구리에서 흘러내렸다
초겨울 비가 다시 세상을 건드렸다
그러나 빗방울에 꿈쩍할 세상이 아니다
사내의 벗겨진 구두에 빗물이 고였다
게걸음으로 걸어가
사내의 무릎께를 툭 쳤다
사내가 고개를 들었다
나를 아는가?
사내는 다시 죽었다
버스는 오지 않았다
새 시집이 나온 날이다

새

시인이 길을 나설 때에는 항상 길 위에 별들이 반짝인다
들어보라 시인의 발끝에서 묻어나 제 몸끼리 바삭거리다 부서져 하늘로 날아가는 소리를 밤이면 그 별들이 돌아와 창문 밖을 서성이고, 아침이면 다시 운명처럼 돌아서는 소리를
그러나 시인은 그들을 외면하리라 살아 기껏 시인의 눈물이나 되는 것들을
오늘 거리를 헤매이다 돌아와 방안 가득 들어찬 별들로 공복을 채우고, 잠이 들면 그들이 무엇으로 되살아나는지 물어보라

서울이면서 서울이 아닌 곳이 개화동이라
해 지는 어스름, 비행장을 지나 오늘도 시인은 개화산 굽어지는 길을 천천히 거슬러올라갔다
저 아래 방화동 사거리에서 그렇게 붐비던 차량의 행렬과는 달리 모퉁이를 돌아서자 곧 고즈넉한 길이며 등 굽은 노송들이 익숙하게 시야에 들어왔다 시인은 어깨를 움츠리고 무겁게 길의 한 귀퉁이를 돌아서다 웃옷 주머니 속에 손을 넣어 구겨진 종이 하나를 꺼내 들었다 그리고 잠시 발걸음을 멈추어 그 종이를 펼쳐선 가만히 내려다보았다 힘겹게 펼쳐진 종이 위에는 몇 자 되지 않는 글귀가 이리저리 몸을 틀며 흘러내려가고 있었다 입김인지 바람 때문인지 몸을 편 종이가 시인의 여린 각지 끝에서 가볍게 흔들렸다

네가 던진 돌은 지금 어디로 날아가고 있느냐

어느 날 갑자기

당신은, 당신은 생의 마지막을 어떻게 보내시겠습니까
지금부터 살아갈 막연한 날들이 아니라
당신에게 마지막으로 알 수 있는
일정 기간이 주어진다면 당신은
그 여백을 어떻게 채우겠습니까
그것도 더이상 연장될 수 없는
아주 짧은 시간이 당신에게 불쑥 주어진다면
당신은 그 틈바구니를 어떻게 빠져나가겠습니까
어떡하든 그 어둠에서 빠져나가고자 몸부림을 쳐보겠지만
그 몸부림조차도 당신에게 주어지지 않을 때
당신은 어떻게 당신의 마지막 삶을 영위하겠습니까

시인 박철에게

네가 아침마다 약수를 뜨러 가는 것하고
북청 물장수는 다르다
네가 산천을 뒤져 수석을 캔다마는
진폐증을 앓는 탄부와는 다르다
아 물론
북한산 약수가 북청 우물물보다 맛깔지고
구천동 석영빛이 때깔은 아름답다만
물장수 허물 벗는 어깨, 굳은살
탄부의 한숨 섞인 검은 콧물과는 다르다
이른 새벽 호수공원을 뛰는 너
마라톤 선수라 하지 말라
이 땅의 충실한 가장
오입쟁이라 말하지 말라

숲

남태평양 건너 시드니 지나
블루마운틴 숲으로 숲으로 들어가
티라노사우루스 스테고사우루스 용각류 수각류
등 비비던 소철나무 숲속에
이발소 그림처럼 굴뚝 세운 아름다운 오두막 찻집 그라피에
이렇게 쓰고 왔다

어제처럼, 나
오늘 홀로 숲길을 걷다

고모

할아버지 돌아가시고 염할 때
사람들 헤치고 내 손 끌어다가
할아버지 찬 손에 어린 손 쥐여주던 고모
얘 병 좀 가져가요
그 덕인지 파랑파랑하면서도
삼십 년을 더 살았다
그 고모 돌아가시기 사흘 전
다시 내 손 잡고
내가 가다 네 병 저 행주강에 띄우고 가마

나는 이제 삼십 년 또 벌었다

찐빵 찌는 세상

문예진흥원에 진흥기금 신청을 하러 간 길이었다

그렇게까지 해서 살아야 하느냐고 농을 던지지만 그것보다 더한 짓을 해서라도 살고 싶은 사람들은 많다 담당자가 돌아올 때까지 근처 동숭동 카페에 들어가 앉았다 키 작은 여자아이 하나가 당구대의 모퉁이에 매달려 엉덩이를 비벼대고 있었다 바닥에서 발이 떨어진 채 당구대 위에 걸터앉아서라도 공을 쳐보겠다는 폼이었으나 워낙 짧은 다리가 그녀를 난처하게 만들었다 그만한 또래의 두 사내아이가 너무 안쓰러운지 아예 그녀의 단단해 보이는 몸통에 시선을 주며 숨을 죽였다 보통 그 또래의 아이들이란 누군가의 우스꽝스러운 몸짓에는 시시덕거리며 작은 농짓거리를 해대기 마련인데 사태가 워낙 민망한 상태라 나이 어린 아이들의 입조차 막아버린 셈이었다 그 소년들로 치면 앞에서 작대기를 들고 허우적대는 소녀란 바로 자신들이 데리고 온 아이였으며 그 소녀의 어색한 몸짓은 바로 남의 일이 아니었을 것이다 정말 안쓰러웠다

이렇게 사느니 차라리 한미 합방이라도 되는 게 낫지 않겠나 하는 생각이 들었다 아니면 대통령이 무릎을 꿇어서라도 저들을 미국으로 보내주든가 아니면 서양 애들로 성형수술이라도 시켜주든가

지난봄이었다 집 앞에는 삼사 일에 한 번꼴로 라면을 먹으러 가는 분식집이 있다 그 분식집 화장실에서 동네 여고에 다니는 한 이학년생이 등굣길에 아이를 분만했다

잠시 세상이 요동을 쳤다 길 건너 내가 잘 가는 챔프커피숍 위 이층 서울산부인과가 정말 잠시 저녁 뉴스를 장식하고 라면 가락을 휘저으며 라면 국물을 들이켜며 사람들은 모두 방종한 여고생을 탓했다 아마 필경 결손가정일 거야 요즘 아이들 다 그렇지 뭐 달착지근한 다꾸앙을, 다꾸앙을 씹으며 혀를 찼다 혀를 차며 그 누구도 그녀의, 복대 두른 팔 개월간의 고통과 그녀를 만들어낸 이 사회에 대해 말하는 이는 없었다, 없었다 청상과부라는 주방 아줌마의 엉덩이를 훔치는 우리들의 흐린 눈빛만이 찐빵처럼 무럭무럭 연기를 피울 뿐이었다

강

저 사람 아픈데
새는 왜 나나
강물은 힘겹게
흘러 무엇 하나

시는 써서 무엇 하고
저 사람 아픈데

철이의 기쁨

철이와 영이는 행복했다
바둑이도 행복했다
조오련이 개구리 수영으로 메달을 따고
공산당이 싫어요라고
한 소년이 죽어가던 시절이었다
세상 물정 몰랐으므로
개울 건너듯 세상을 살았으니
잠방잠방 발목이 간지러워
철이와 영이의 얼굴엔 웃음뿐이었다

이제
세월의 홍수를 만나
영이는 영영 떠내려가고
책가방 잃어버린 늙은 철이
물가를 서성인다
물가에 앉아 흙탕물 손에 적시며
건져보는 소년의 기쁨
영이의 빗질 고운 머리통
그 옛날 잎새 푸르고
철이와 영이는 행복했다
바둑이도 행복했다

어부

바닷속 초원을 걷는 사람
바닷속 설원을 걷는 사람

힘껏 노를 젓는 그만큼
거칠게 멀어져가는 세상사
어부는 오늘도 하늘 향해
제 덫을 던진다

가득가득 건져지는
그 마음

흰 손

그해 여름 내가 바다로부터
추방당한 것을 보면 나는 분명 이미
시인이었다
모래사장엔 칠월 정오의 햇살을 받으며
깨진 경월 소주병이 더욱 푸른빛을 발하고
나는 코끝으로 석유 냄새를 뿜었다
사랑을 잃고 찾아 나선 바다
바다는 벌써 그렇게 만만치가 않았으니
1982년 여름, 동해 어느 바닷가였다

그해 여름 두렵고 뜨겁던 날
수평선보다 길게
그대로 누워 나는 나를 학살하고 싶었다
지난밤 옷깃을 적시며 읊조리던
바다야 네가 마지막이야
그 말을 들었는지 바다는 정오가 넘도록
나를 받아주지 않고 돌아가라 돌아가라고
흰 손만 내젓고 있었다

문학동네포에지 078
영진설비 돈 갖다주기

1판 1쇄 발행 2001년 1월 20일
2판 1쇄 발행 2023년 8월 18일

지은이—박철
책임편집—김민정
편집—유성원 김동휘 권현승 유정서
표지 디자인—이기준 이보람 / 본문 디자인—유현아
저작권—박지영 형소진 최은진 서연주 오서영
마케팅—정민호 박치우 한민아 이민경 박진희 정경주 정유선 김수인
브랜딩—함유지 함근아 박민재 김희숙 고보미 정승민 배진성
제작—강신은 김동욱 이순호
제작처—영신사

펴낸곳—(주)문학동네
펴낸이—김소영
출판등록—1993년 10월 22일 제2003-000045호
주소—10881 경기도 파주시 회동길 210
전자우편—editor@munhak.com
대표전화—031-955-8888 / 팩스—031-955-8855
문의전화—031-955-2689(마케팅), 031-955-8865(편집)
문학동네카페—cafe.naver.com/mhdn
인스타그램—@munhakdongne / 트위터—@munhakdongne
북클럽문학동네—bookclubmunhak.com

ISBN 978-89-546-9378-3 03810

www.munhak.com

문학동네